倡导诗意健康人生　为诗的纯粹而努力

中国诗歌
CHINESE POETRY

2018年度诗歌精选

主 编 ○ 阎 志

人民文学出版社
PEOPLE'S LITERATURE PUBLISHING HOUSE

图书在版编目（CIP）数据

2018 年度诗歌精选/于坚等著. －北京：人民文学出版社，2018
（中国诗歌/阎志主编）

ISBN 978-7-02-014791-5

Ⅰ.①2… Ⅱ.①于… Ⅲ.①诗集-中国-当代 Ⅳ.① I 227

中国版本图书馆 CIP 数据核字（2018）第 295982 号

主　　编：阎　志
责任编辑：王清平
责任校对：王清平
装帧设计：叶芹云

出版　人民文学出版社有限公司　http：//www.rw-cn.com
地址　北京市朝内大街 166 号　邮编 100705
印刷　湖北新华印务有限公司
经销　全国新华书店
开本　880 毫米×1230 毫米　1/32
印张　10
字数　180 千字
版次　2018 年 12 月北京第 1 版　2018 年 12 月第 1 次印刷
ISBN 978-7-02-014791-5
定价　39.00 元

《中国诗歌》编辑部
武汉市江岸区惠济路 3 号卓尔书店　邮编：430000
发稿编辑：刘蔚　熊曼　朱妍　李亚飞
电话：027-61882316
投稿信箱：zallsg@163.com

如有印装质量问题，请与本社图书销售中心调换。电话：010-65233595

《中国诗歌》编辑委员会

编　委
（以姓名笔画为序）

车延高　　北　岛　　叶延滨　　田　原
吉狄马加　李少君　　李　瑛　　杨　克
吴思敬　　邹建军　　张清华　　荣　荣
娜　夜　　阎　志　　梁　平　　舒　婷
谢　冕　　谢克强　　雷平阳　　霍俊明

主　　　编：阎　志
常务副主编：谢克强
副　主　编：邹建军

目 录

447	丁　鹏	1
追梦者	七月的海	2
猎人	于　坚	3
冒犯	子梵梅	4
合欢	小　西	5
逃离	川　美	6
眼里，压碎一场雪	马文秀	7
二妹和她的空寨子	马泽平	8
斧头歌	马晓康	9
竹里	马　嘶	10
化身野草	马慧聪	11
卜告	夭　夭	12
狼人	尹　马	13
书法	心　亦	14
野兽	扎西才让	15
声音	方　思	16
灯泡厂的流水线	木　叶	17
劈木头	木　鱼	18
向局限致敬	毛　子	20
春天是一只竖起的耳朵	王久辛	21

不认识的就不想再认识了	王小妮	22
望见山冈	王夫刚	24
深渊	王 妃	25
清灯	王怀凌	26
云冈石窟	王单单	27
石头花	王相华	28
来自张家口	王家新	29
告密者	王雪茜	30
片断	王 强	31
挖煤的人	车延高	32
乡愁	车前子	33
两个互不认识的人做着各自的事	韦廷信	34
火焰	风 荷	35
富有者	东 篱	36
日出	冬 箫	37
对岸的灯火	冯 娜	38
失眠	包临轩	39
残局	卢卫平	41
情人节小夜曲	卢 山	42
慢慢的……	卢 辉	43
取暖的火炭	叶延滨	44
穿过你的身体	叶菊如	46
宁静的时光	叶 琛	47
萤火虫	叶 辉	48
持微火者	宁延达	49
雨声淹没了它们的疼痛	玄 武	50
月亮之歌	玉上烟	51
疯子	玉 珍	52

画石头	田　禾	53
度量	田凌云	54
山居	白　玛	55
断指	龙　郁	56
我从哪里来	龙　青	57
你所说的辽阔大地	龙　叟	59
镜子	亚　楠	60
林涧夜曲	关晶晶	61
慢歌（外一首）	刘　年	62
理想的分行	刘　义	63
中国肖像：传统教育一瞥	刘　川	64
复制太阳的人	刘文杰	65
侧面	刘　汀	66
同床共眠	刘立云	68
工厂片段	刘　建	70
河边	刘泽球	71
自画像	刘　畅	72
屋漏雨	刘　郎	73
边缘	刘清泉	74
巧克力	刘　琳	75
练习曲	华　清	76
越来越像我的母亲	吉　尔	77
在一条船边	向武华	78
天鹅	吕　达	79
博尔赫斯的遗产	多　多	81
江湖宴饮歌	孙文波	82
如果我，今天死去	宇　向	83
回忆某次阅读	宇　轩	84

天上的恋人……………………………	安乔子	85
夜色迷蒙……………………………	安　然	86
大海（外一首）……………………	庄　凌	87
汀江村………………………………	年微漾	89
等待日出的人………………………	朱夏楠	90
照片墙………………………………	朱　零	91
罪人…………………………………	朵　渔	93
秋分日过河…………………………	汗　漫	94
恐惧…………………………………	江一苇	95
荒地…………………………………	江　非	97
补月亮………………………………	江　雪	98
长声吟………………………………	汤养宗	99
燕山下………………………………	灯　灯	100
来不及等待…………………………	纪开芹	101
真的温暖……………………………	衣米一	102
女儿…………………………………	西　娃	103
把自己丢掉…………………………	严　力	104
告解诗………………………………	严　彬	105
雨与梯子……………………………	余　真	106
遥望…………………………………	余笑忠	107
致自己………………………………	吴　言	108
苍山…………………………………	吴素贞	109
我养了一群似是而非的动物………	圻　子	110
秋日书………………………………	宋志刚	111
熬……………………………………	宋晓杰	112
大意如此……………………………	张　琳	113
十里坡………………………………	张二棍	114
手镯…………………………………	张永伟	115

星期天的雪	张执浩	116
锁骨之诗	张作梗	117
逆风歌	张远伦	119
雨夜物语	张晚禾	120
村居	张常美	121
枪手	张新泉	122
站在下游	张德强	124
忍冬	扶　桑	125
月亮	李少君	126
对手	李文焕	127
公共的玫瑰	李见心	128
深夜的鸟	李　立	130
你怎样获得我的爱	李成恩	131
天伦	李老乡	133
手	李志勇	134
使命	李　南	135
风吹我	李荣茂	136
美人三姑	李轻松	137
大风天或不眠夜	李顺星	139
未来的一天	李梦凡	140
去做一只鸟吧	李　瑛	141
光阴是我最好的亲人	李　瑾	143
给母亲	杜　涯	144
给母亲的一封信	杨庆祥	145
长江零公里：一滴水	杨　角	147
雪	杨　炼	148
亮晃晃	沈木槿	149
诗从不反对	沈　苇	151

做旧	沉 河	152
尽头	沙 马	153
低音节	沙 克	154
情事	肖 水	155
姐姐	肖 寒	156
敦煌月牙泉	苏 黎	157
岩头村	谷 禾	158
旧书	谷 频	160
孤独是一座炼狱	邰 筐	161
二零一七年的自画像	邹汉明	162
记得多年以前	阿 华	163
借春心	阿 西	165
大雨即将落下	阿 步	166
蓝墨水	阿 垅	167
当我老了	阿 福	168
悲歌	陆辉艳	169
夏日之光	陈东东	170
植物的心	陈宝全	172
木头	陈 亮	173
减法	陈 恳	175
梨	陈群洲	176
腊月里的银杏果	麦 豆	177
有的人注定的生活	周 鱼	178
多余的爱	巫 昂	179
良宵	昌 耀	180
浅尝经	易 翔	181
七年之痒	林季杉	182
齿落	林 溪	183

我要的如此之少	林馥娜	184
散步	空格键	185
我认出了我的一位父亲	育 邦	186
我与这个世界	郁 葱	188
交谈	郑小琼	190
日常	郑茂明	191
他问我为什么不皈依	金铃子	192
木匠	雨后春笋	193
突然	青小衣	194
抢救诗歌	非 亚	195
在人间	侯明辉	197
秦岭红	南书堂	198
关于一只丑苹果的心理素描	南 巫	199
时间是命运的携带者	南 鸥	200
逾不惑,自供诸事	姜念光	201
词有误	姜 桦	203
晒时光	娜仁琪琪格	204
没有比书房更好的去处	娜 夜	205
万物生	宫白云	206
阅读	树 贤	207
雨落莲花台上(外一首)	泉 子	208
山中,秋声赋	胡 弦	209
恐惧	胡 游	210
火星镇	贺予飞	211
走出小房间的人	唐 允	212
游牧	唐 月	214
明月书	夏 午	215
似是而非的水	夏海涛	216

小生活	徐俊国	218
雨后	徐铖	219
进山	晓岸	221
山中听鸟鸣	桑子	223
一滴墨	秦巴子	224
朱鹮	聂权	226
我爱上黑色	袁东瑛	227
常规生活	袁永苹	229
我写不出的	谈骁	230
空屋子	贾想	231
蓝莓树	郭辉	232
岩下寺	高鹏程	233
锯木头	商震	234
阳光灿烂	崔宝珠	235
活着	康承佳	236
水牛	康雪	237
雨中山寺	敕勒川	238
挑	曹利华	239
比喻的偏见	曹树莹	240
为什么要活下去	梁文昆	241
无论我愿意不愿意	梁晓明	242
树巢	梁雪波	243
小词典	章德益	245
微凉	符力	246
虚石牧场	阎志	247
一个简单的道理	隆玲琼	248
四人房间	雪女	249
今天我看见鲁迅的遗照	黄文庆	250

无限的凝视	黄礼孩	251
殉道者	黄沙子	252
相爱者	黄灿然	253
生日礼物	黄晓华	254
写给父亲未曾到过的周庄	龚 纯	255
在眉山三苏祠写两茫茫	龚学敏	257
船上	傅天琳	259
暴雨夜，一滴雨	散 皮	260
酸枣与马尾	敬丹樱	261
拖拉机上的妇女	斑 马	262
沉沦	程 川	263
困扰吧，女性！	缎轻轻	264
凋零	舒丹丹	265
没有成家的人在夜里回家	覃 才	266
沉默	谢克强	267
你在，世界就在	道 辉	269
一朵花在花瓶	雁无伤	270
交汇	韩文戈	271
土路上的车前草	鲁 克	272
丁蜀镇（组诗选二）	黑 陶	273
微弱的灯盏	黑 雪	274
日常：争吵之后	蓝格子	275
石头记	蓝 野	276
演奏者	蓝 紫	277
在有你的世界上	蓝 蓝	278
失去是如此简单	赖廷阶	279
芦花	路 也	280
鸟巢	路 东	282

错失……………………………………………	路攸宁	283
惊诧……………………………………………	雷平阳	284
春中茶园作……………………………………	慕 白	285
我已经慢慢看见了苍老………………………	熊衍东	286
回溯……………………………………………	熊 曼	287
返乡……………………………………………	熊 焱	288
交出去…………………………………………	缪克构	290
怎样的必然在我们的身体中…………………	翟永明	291
偷生记…………………………………………	臧海英	293
我欠你一个伟大的哑巴入门…………………	臧 棣	294
黑夜颂辞………………………………………	潘洗尘	296
鱼肚白…………………………………………	震 杳	297
拥抱女人………………………………………	颜 彦	298
父亲……………………………………………	髯 子	299
画妖……………………………………………	薄小凉	300
回乡途中读保罗·策兰………………………	霍俊明	301
悖论……………………………………………	戴潍娜	303
冬天的果园……………………………………	霜 白	304

447

丁　鹏

写下的一切
都从生命里消逝
写在苹果手机备忘录里的
这组阿拉伯数字
脱离意义的丛林
像印度数学家流落哈里发
像新疆草原上
石人，等待
某一个春天
447
会不会是房间号
会不会是一扇门，被推开
新的运算
在时间的稿纸上
会不会是奥西里斯的名声
被隐秘地传颂
会不会是无用之用
幸存，并入神

选自《人民文学》2018年第5期

追梦者

七月的海

日落之后,她又变回人形
像一个美人在我身上
缓缓吹动

她在吹风,吹那埋骨的云朵
而我仍在假寐

是的我可以爱,也可以不爱
可是当她像一面湖水
在我身边躺倒,那么多的理所当然
突然败下阵来

现在我是火
一匹乌有的马从火上
一闪而过,我再也抓不住她的影子
甚至 抓不住一缕风

选自《诗刊》下半月刊 2018 年第 7 期

猎 人
——致美国诗人罗恩·帕特

于 坚

罗恩·帕特闯入这片森林四十年了
从前印第安人在此打猎　黑熊和麋鹿们
在天空下大摇大摆的年代已成传说　白人
也死了　他的猎枪在阁楼的底层生锈
向前辈致敬　年轻时　准备了这个老家伙
从未使过　猎物是流星　溪涧　秋天的
树叶以及　黑夜底下某物来访的蹀躞之声
一个新传统　写到一半时　捏着钢笔　赤脚
开门　走到林边　他的加入令山冈中的幽灵
紧张　它们驱赶他　以寒冷　以寂静　以更深的
黑暗　令他老去　老去　再老去　仅保存了
月光　白发　一截松枝　片语

冒　犯

子梵梅

当我蹲下擦花盆
我看见一撮白
以为谁把纸团掉里面
想拿起还拿不起来
拨开密集的羽叶才发现
那寂静，那隐秘
那被发现的慌张

是的，如果不去擦花盆
我可能永远不知道
那隐秘，那寂静
那低到尘土里的花
但我觉得我冒犯了

选自《诗歌月刊》2018 年第 1 期

合　欢

小　西

打开窗，都是合欢。
粉色的花居多，米黄色的只有一树
穿白裙子的女孩站在树下格外醒目。

每个人的呼吸，都被甜美
赋予更多的想象。
我走过去抱住它的腰，它的手正指向远处——
浮在海面上的是座极小的山
但一抹青翠
仍压住了大片不安的深蓝

选自《诗刊》下半月刊 2018 年第 9 期

逃 离

川 美

我从热闹的人群里走开
像小溪脱离了小河道
一条岔路,脱离了荣耀的大路
——我喜欢小溪和岔路
它们以自在的野花鼓舞我
有时,是出人意料的一树野果子
独到的自然疗法
适合根治我的不自然

选自《中西诗歌》2018年第1期

眼里,压碎一场雪

马文秀

爱情散落枝头,鱼声何醉
南方一隅,残存何许
卧床的日子,愿意沉淀一切美好
刻一串名字,留给未出世的人
日月星辰,终不敌孩童眸子的澄澈
时间揉碎的是稻草尖上的梦
在一个生命终结之前,彼此的姓名相拥而泣
来世化成的蝴蝶,连着血脉盘旋在家门口
有褶皱的人生,连记忆都难磨平
亲手制造的孤独感,漫无际涯的耸立
共白首,心相安,多少离愁梦中诉
昨日的对话,被刻在了未来的话语中
词汇不再凛冽地躲闪
执着一根长杆的念想,在无尽的孤独里摇曳
波光,秋叶连成一线,织着无名的笙箫

选自《海燕》2018年第3期

二妹和她的空寨子

马泽平

整个寨子都搬空了
先是几棵树
树上枯死的皮和一些断枝
后来是石房子
透风的窗子
窗子里油尽了的灯盏
再后来是牲口粪便
熟透了的稻田
还有二妹洗头的那片溪涧
但祖坟是搬不动的
二妹和她
溶在月光里的笛声是搬不动的
整个寨子都是空的
二妹呐
他们不懂,他们搬不动

选自《诗刊》下半月刊 2018 年第 5 期

斧头歌

马晓康

一把斧头,将命运劈成两种
一种是活成木头的乖孩子
另一种是火焰焚尽后的病句
斧头穿过城市,钝化成锤子
锤子穿过爱情,又被磨成了刀子
刀子穿过友情,变成一行行忏悔词
知更鸟的胸脯上,染着耶稣的血
你也可以变色,甚至飞翔
却无法穿过自己

选自《山东文学》下半月刊 2018 年第 5 期

竹　里

马　嘶

去竹里，不可豪饮。笋尖低矮
如塔，令我委身尘土
临《寒食帖》，如在雾中
刻碑。这小半生不过尔尔
野草七尺，高过旁边旧坟里的
浩瀚星空。它们的一生
并不短过我的一世
石碑上的苔藓有着清洁的脸
让活着的人心安
这些竹子、野草和山泉
是他们留给俗世的永生
是他们的晚风，拂动我的白发
哦，这秋日宜哀、宜颂
宜心生闲愁
你看，那暮色中低头走过的身影
是我昨夜交谈甚欢的僧侣

选自《诗探索》2018年第2辑

化身野草

马慧聪

坐在火车上
我看到了又一个春天
被树枝压着、石子压着、铁轨压着
还要被我压着

而那些死去的人
也滞留在这个春天
他们化身野草,要破土而出

我感觉我的身体就是
压着春天的最后一根稻草
蠢蠢欲动

选自《星星·诗歌原创》2018 年第 12 期

卜 告

夭 夭

白纸黑字,已经把一切显露出来了。
想到人间的生死,还有什么不能放下?
此刻,它在墙上,
被几行字压着,被字里的悲伤压着。
它不动,任读它的人掀起了不幸的一角。

喧闹的街还没有交出惊涛骇浪。
一切还在继续,
没有眼泪,下午的阳光把万物照得刚刚好。
多么平常的日子,
巷子里,放学的孩子跳得不能再高了。

选自《诗歌点亮生活》(作家出版社 2018 年 7 月版)

狼　人

尹　马

按照人间的套路，他隐藏了
身上最接近狼的那部分
按照禽兽的脾性，他不得不敞开
内心最容易瘙痒的
那部分

活着时，孤独是另一种死
时光赠予他人的身形
仅仅是用来删除
更多的罪过和骂名

始终不能借助错乱的节令
隔开走火的肉身，让自己远离诬陷
围攻和屠戮；只能依靠奔跑
把身上最接近黑夜的那部分
还给利齿、垂尾和蓝眼

让每一个打山冈上路的小姑娘
走进一扇月光下的柴门，把自己
归还给慈祥的外婆

选自《诗潮》2018年第2期

书　法

心　亦

真希望：
在撇、点、捺的旅途中，
总有一条清清的溪流，像绞丝旁
陪伴左右……当夜晚的蜜被慢慢耗尽
鸟语的飞白，
正在干净的宣纸上，悄悄落阵。

气沉丹田儒雅地悬腕。
浓浓的墨，压过来，锁住了纸质的白天，
入木三分。潇洒的剑客，紧贴雪原上的微光：
穿行。

踮着脚的笔尖，用旋转的锋刃，
携带行书里的花蕊，
偷看狂草的芭蕾：突然苏醒。
千年的寿纸之上，黑白分明的
诗句：屏住呼吸，
一声不吭

选自《诗歌点亮生活》（作家出版社2018年7月版）

野 兽

扎西才让

从山谷里涌出的男女,像极了凶狠的野兽。
他们服饰怪异,有着精瘦干硬的躯体。

他们带来了躁动不安的空气,
带来了桑多河畔的狂热又危险的情绪。

我其实就是他们中的一个,
崇尚武力,相信刀子。

在莫名的仇恨里慢慢长大,
又在突然到来的爱中把利爪深深藏匿。

……直到我也生育了子女,
直到岁月给予了我如何生存的能力。

选自《诗刊》上半月刊 2018 年第 5 期

声 音

方 思

夜渐渐地冷了,我犹对灯独坐
冬夜读书,忍对天地间的黑暗
仅仅隔一层窗,薄薄的纸
我犹挑灯夜读,忍受一身寒意
每一个字是概念,每一句子是命题
是力量,是行动,是一个生生不息的宇宙
有热,有光在沉寂的夜心,我听到一个声音
呼唤我的名字:我欲
推窗出去

选自《诗潮》2018 年第 2 期

灯泡厂的流水线

木 叶

那一年的夏天,我是年轻的劳动监察官员,来到县灯泡厂。
丝丝的青烟,灼烤着工作台,

玻璃在高温中熔化,被吹出脆薄的形状,
多少年来,我都无从冷却蒸腾于其中的辛劳与贫寒,

一如我无法忘记殷勤而谄媚的灯泡厂厂长。我虚张声势地
和他简单聊了几句有关《劳动法》的贯彻,

是的,那时法律尚年轻,我也年轻,正如
工作如高温灼烤下的额头满是汗珠的乡下姑娘们也很年轻。

简陋的流水线上一只只嫩生而胆怯的小手,
转眼之间,必然已经枯萎;我开始怀旧,

灯泡厂已经搬迁,我曾经喧哗的青春正在努力学习温柔,
城市里的灯光,看起来多么安静。

选自《诗探索》2018年第2辑

劈木头

木 鱼

世人用刀斧劈木头
一分为二，二变成四，四成八
琐碎的木楔散落一地。
我也劈木头，刀斧太冷，太锋利
来不及喊疼，木楔尸骨般散落。
我劈木头。是剥心蚀骨的劈
寻一条线，牵住它曾经的一身阳光
和阳光下风吹飒飒的响声。
劈木头，并非是有什么绝活
摩挲。用心拉直那些坎坷，命运
注入它体内一道道精致花纹。
你看，那花纹如此冷艳
你看，那光洁、整齐的断面上
凝聚了多少欲望，对光、对雨水、对
栖落它身上的鸟鸣。我仿佛听到
鸣叫自它体内传来，辽远，回荡
如一个人，回首喊了一声，
像要叫谁出来。
我仿佛看到它翠绿的叶片，
此刻已黄沙漫起。
黄昏，我在院子里劈木头
一分为二、二变成四、四成八。

一直劈到天黑,天真黑呀
一个人绝望的一生。

选自《西部》2018年第4期

向局限致敬

毛 子

庆幸不是上帝,而是一个
有着局限的人。

庆幸不完美、残缺。
可以去忏悔、去遗憾、去悲欢

庆幸无知
而对世界抱有好奇……

庆幸写诗。庆幸诗歌不是真理
不会板着
一成不变的面孔。

选自《十月》2018年第5期

春天是一只竖起的耳朵

王久辛

在虫蛹拱动的窸窣里
听见蝴蝶翩跹的琴声
花香跟着飘入柔美的旋律
从耳池沁入心中
湖边刚刚长出柳芽的音符
竟被激动得放开了喉咙
静游的红鲤开始伴舞
张开的叶纹如名模款款徐行
她们旋舞着周身对称的彩裙
恰似华丽的花腔直抵苍穹
连那片蔷薇也蠢蠢欲动
薄绿崭新的翡翠犹如黎明
还有蚂蚁蜗牛和蜻蜓的生命
在初升的合唱中开始了蠕动
仿佛一切都揉着惺忪的睡眼
鸡冠被昂首叫得鲜红
力量在汇聚　灵魂在成形
万物在初升的旋律中悄悄苏醒
绿了北方红了江南
大地上又一轮美即将诞生
春天是一只竖起的耳朵

选自《人民文学》2018 年第 4 期

不认识的就不想再认识了

王小妮

到今天还不认识的人
就远远地敬着他。
三十年中
我的朋友和敌人都足够了。

行人一缕缕地经过
揣着简单明白的感情。
向东向西,他们都是无辜。
我要留出我的今后
以我的方式专心地去爱他们。

谁也不注视我。
行人不会看一眼我的表情。
望着四面八方。
他们生来就是单独的一个
注定向东向西走。

一个人掏出自己的心扔进人群
实在太真实太幼稚。

从今以后
崇高的容器都空着。

比如我
比如我荡来荡去的
后一半生命。

      选自《草堂》2018年第3期

望见山冈

王夫刚

黄昏之后,低于月亮的山冈
迎来了遍地月光,明天的朋友已经
把信寄到乡下,把笔锋
伸入即将开镰的广大麦田

望见山冈,望见去向远方的路
寂寞而又从容。出走的爱情曾在树上
在鸟巢,在鸟儿的飞翔
和歌声里,诞生,成长

我感动于我的山冈一言不语
又难免伤怀:江山多娇
小红姑娘却不是美人(远方接受我的
致歉,诗歌并非仅有的借口)

望见山冈,晚风起时一片混乱
我写下不能朗诵的孤独
拒绝黄昏示好:在二分之一的
理想中,满脸星辰的人消失了

选自《诗歌月刊》2018年第8期

深　渊

王　妃

这是仲春。我穿行于繁花中
像踏入另一个深渊

桃花有分娩后的衰弱
垂丝海棠上挂着昨夜的泪水
樱花的灿烂和绝望，加深了我的怀疑
美，与罪恶
那一场又一场战争，究竟是谁
在主导谁

每一片叶子，每一朵花都在呼吸
我的指尖也伸出贪婪的舌头
探向春天深处
更多并蒂的骨朵从指缝里钻出
所有的阳光下奔跑的孩子
都张开了翅膀——

我喜欢这繁花间的飞行
带着罪恶，带着美

选自《绿风》2018 年第 3 期

清 灯

王怀凌

灯下日子清寒,书中岁月绵长
可疗伤,亦可祛疾

窗外下雨,人间险象环生
这动荡的尘世,如何接纳干净的雨水

如果不是为稻粱谋
我宁愿在这漆黑的泥淖里一病不起

书页的眉批处
有含糊不清的药方

选自《绿风》2018 年第 3 期

云冈石窟

王单单

石头怀上佛胎
并让它成为囚徒,在子宫里
修行,接受时间的戏谑与嘲弄
你看到的,佛,残脸,断臂
眼眶空荡,襟袍上落满鸽子灰白的粪斑
导游讲完北魏迁都的历史后
带着旅游团离开了,剩下孤零零的佛
嵌在石壁上,像是
被绑架,或者活捉。等待
下一次围观,身世被再次复述
那天我观佛入迷,最后一个
走出石窟,朋友们在岩石下
谈论我出来的样子,像尚未完工的佛
而那时,人间零下14度
寒风像刀子,还要继续雕刻我
实在受不了,我又返回窟中
这次,只是为了避风

选自《诗刊》上半月刊2018年第6期

石头花

王相华

与一座旧庙共处千年,互相对视中
不言不语。诵经的人来了又去
时光在静默中老去,连同门前那棵老榆树
开过白花,年年只堆满青石

裂痕逐渐放大,一定会有种子生长
那时我们坐在季节上聊天
说开心的事,也听伤心的曲子
弦音会折断枝头,果子会重重地落在地上
像轮回的擂鼓让人惊醒

常常会在落叶的雨中洗去尘埃
换上干净的绿装
同一块石头相依为命,看花开,也看叶落

选自《诗选刊》上半月刊 2018 年第 6 期

来自张家口

王家新

有人从张家口给我托运来了
一箱蘑菇罐头
两只剥了皮的野兔
和一大袋土豆。

野兔送给了亲戚，
土豆留下。但每次给土豆剥皮时，
我都想起了那两只赤裸裸的
被吊起来的野兔……

我也只能遥想一下坝上的茂密草原，
获得一点所谓的安慰。

选自《长江文艺》2018年第3期

告密者

王雪茜

他的骨头种植罂粟
草图上收割
微笔隐藏在暗影里,仿佛
磷火在坟墓间跳动

他四肢长出兽牙,像鬼针草
攀附在石头上,挡住了
通往天堂的窄门
牺牲者的体温,有迹可循

他不愿在光里穿行
不愿在黑夜做梦
怕碎玻璃扎进梦里,而他
还不敢喊出声来

选自《星星·诗歌原创》2018 年第 5 期

片 断

王 强

常在梦里,我遇见一些面孔
有限却又美好
在深秋

小路尽头连接着荒野
散落的陶片,在日光下像摇曳的星星
——我到过那里

我等过几个薄霜散去的早晨
凉亭浅红色木柱上
我镌刻着

一个人的名字。她给过我一枚
精致的书签,里面
住着干枯的蝴蝶
它隐藏了一段用旧的时光

选自《中国新诗》2018年第2期歌谣卷

挖煤的人

车延高

那堆坟,是一条命
盖在土地上的印戳,很平常
只是个记号
但埋在底下的人特殊
他总是在太阳升起的时候走进夜
熟悉的天空没有月亮
星星晃动,是活在头顶的矿灯
他是和黑夜打交道时间最长的人
从最深处挖掘可以点燃的亮
沉重地喘,背着沉重
他知道煤不是金子
却相信劳动的手把它运出来就会发光
煤黑,脸上的灰黑,眼珠子黑
就一排白牙
这个世界认识他的人不多
有人甚至瞧不起他
豪华的酒店里,按开关的手知道
一盏灯
可能是那条命留下的一团磷火
扑闪,扑闪

选自《十月》2018 年第 2 期

乡 愁

车前子

真实母亲粗糙,敦结,抱怨。
爱,灵光一现然后,夜晚的湖水。
真实母亲有时淘气得床头蹦跳,啊,抓到了乌鸦,
它在蓝白小方格的床单上,跳跃,
这种床单是你通过希腊看到马赛克墙面。

虚构母亲是漂亮的,漂亮的,
穿着花裙子,
神情夸张,
举止稍微有点轻浮,这正是我们需要的,
虚构母亲仿佛电影演员。

选自《诗歌月刊》2018 年第 9 期

两个互不认识的人做着各自的事

韦廷信

我看到他和她擦肩而过
我们仨互不认识
很有可能,这就是一生了
许多有名的,没名的人都在做各自的事
彼此没有交集,做的事
也无关联。山谷里的野花开着
并不影响办公室里的香皂花散发香气
花永远分不清,诸多的赞美中哪个是真的
我在一个不大的地方活着
你的世界呢,辽阔还是狭窄
如果此时你刚好读到我的诗
亲爱的:我们变得有关
我们都活着。并穿过了不计其数的行尸走肉

选自《中华文学》2018 年第 9 期

火 焰

风 荷

你远远地观望
那硕大,那熊熊红光中夹带了黄

幽暗之花打开,在黑夜的海边
它翻卷自己,吞噬自己,消灭自己

剩下来,剩下灰烬,剩下遗言
哦,它被放纵的一刻
才叫烈火

像你心头的,被抛得高高的欲仙欲死
像时间默片里的,一朵魂

由上帝的嘴巴,轻巧地
吐出……又收回

选自《诗探索》2018年第2辑

富有者

东 篱

我不喜欢预报、预谋、有准备
我渴望一夜乍富
这个世上,还有比遭遇突如其来的财富
更能加速我的心跳吗
当我伏案疾书,一抬头已是白茫茫一片
当我大梦初醒,窗外千树万树梨花正开

我不喜欢那些细粒儿的碘盐、白砂糖
我渴望泼妇般大喊大叫地搓棉扯絮
这个词再不用,我担心该被冬天删除了

北风那个吹啊,雪花那个飘
让人间贫穷得只剩下歌唱吧
让世上贫穷得只剩下雪花吧
让字典只剩下动词飘
封山吧,覆盖吧
让无家可归的动物,都有藏身之地
让我足不出户,就拥有满地的碎银

选自《诗选刊》上半月刊 2018 年第 4 期

日　出

冬　箫

我感慨
它喷薄而出的那一刹那
所有眼睛里的火焰是红色的

那些把火焰藏在眼睛里的人
内心是多么快乐和爽朗啊
他们都在这一刻
看着阳光从东方升起
然后铺展开来
把所有的都染红，照亮，并温暖着

他们自己
则把眼前这大大的火焰
和自己小小的火焰
交融起来
成为内心永远的太阳

选自《文学港》2018年第5期

对岸的灯火

冯 娜

我看到灯火,把水引向此岸
好像我们不需要借助船只或者翅膀
就可以轻触远处的光芒

湖面摇晃着——
这被无数灯火选中的夜
明亮和黑暗碰撞的声响告诉我
一定是无数种命运交错让我来到了此处
让我站在岸边
每一盏灯火都不分明地牵引我迷惑我
我曾经在城市的夜晚,被灯火的洪流侵袭
我知道湖水的下一刻
就要变成另一重波澜的漩涡

我只要站在这里
每一盏灯火都会在我身上闪闪烁烁
仿佛不需要借助水或者路途
它们就可以靠岸

选自《江南诗》2018 年第 2 期

失 眠

包临轩

我放任着失眠,这个夜里淘气的孩子
四处乱窜

外面一直下着雪
在路灯的光柱里,雪和失眠彼此照亮
其实,我并没有什么心事
需要袒露
这重复的日子,这雪夜的深不可测
让我放逐了这份奢侈

在书房和卧室之间,走来走去
床,不再是一种诱惑了
失眠,像嘹亮又固执的歌声
雪花,为他起劲地伴舞

我的眼睛是否失神,反正
并不试图看到什么
只收容越来越庞大的寂静

失眠,我把它当成破损的镜子
照出了
世界终止时的模样,它与黑夜合体

以沉寂示人
盖住四周全部的声音，唯有
一个人的喘息，泄露了
活着的秘密

选自《作家》2018 年第 7 期

残　局

卢卫平

远去了
当年的车辚辚
当年的马萧萧
远去了
当年大象渴望渡过的河边
隆隆的炮声
当年士卒试着翻过的院墙里
悠闲的散步
远去了
当年我弃车保帅的勇气
当年你连将我三军的威风
对弈一生
如今我是一枚闲棋
你已成一粒冷子
我们的棋局已注定是残局
但我们仍在一张棋盘上
仍在一张棋桌边
这已足够幸运
你原谅我一生棋艺无长进
我钟爱你一生输赢不悔棋

情人节小夜曲

卢 山

写一首诗应和明日的新年,不如算一笔旧账
和你度过的尘世的一部分。我多么幸运
可以把你请进这些词语的山水里。我的爱人
你成为一首诗的主人即是对我的恩惠和成全

像宝石山上的木棉祈求雨水,勾兑一场春梦
我的人生因为你的拥抱才有了肉体的温度
而这些文字也在你的注视下,从泥土里复活
生长成一个缠绕着我们的生生不息的人世

选自《浙江诗人》2018年第3期

慢慢的……

卢 辉

我希望世间所有的一切都慢慢的
旧火车慢慢地开
铁轨慢慢地锈,大人小孩都慢慢地走
雾慢慢地来

蹲在地上的花慢慢地说话
一株藤蔓慢慢地爬
小掌心慢慢地展开
握住的笔尖慢慢地短
字慢慢地大

身体慢慢地长
山慢慢地高,水慢慢地流
桥慢慢地垮
掉队的小鸟慢慢地飞
远方慢慢地暗
妈妈慢慢地老

选自《海燕》2018年第8期

取暖的火炭

叶延滨

青春就是一棵树,对于我
是一棵被截成一段段木头的树
截断了的青春就叫柴火
自己对自己说
那一段段的青春也叫诗
诗也罢,柴火也罢
燃起来取暖
为知音,为读者
也为那个永远迟到的未来

等到老了
等老的青春是个树桩
我坐在上面等
未来还不来……

我坐树桩上
读诗,读那些燃烧过的火炭
奇迹出现,树桩伸长,发芽
向四周展开茂密的树冠
我呢,我在哪儿
请你抬头看,树冠上有鸟巢
鸟巢上面有翻卷的云烟

云烟追着风

选自《中国作家》2018年第8期

穿过你的身体

叶菊如

必须缓慢,必须热烈
必须温馨
再走一步,就是天涯了——

必须成双,同时忘了人间
必须感激
那只盘旋的鸟,替我们叫出一行雁影
而满庭栀子花,开得盛大而寂静

如果留下一个人
亲爱的,这是命中注定的事

尽管这样
也必须抬起头
用爱拦截住骨子里的悲伤

我们深入骨髓和死亡——
如果抱紧后松开
那不过是生命归于沉寂时
泪水滂沱里
翅膀对翅膀的依恋——

选自《草堂》2018 年第 1 期

宁静的时光

叶 琛

推开窗户,用目光接近
我暗自为那一朵风中的花担忧起来
细细的花茎托起的色彩太微弱了
我甚至有些惊慌:如果下一阵雨
飘零碾泥或许就是它唯一的退守
而现在,我撤回这种想法
意念改变的这一刻,仿佛一场灾难被瞬间熄灭
身处绝境的命运也由此改写
没什么可以阻挡我的意愿
接下来,该去看看柳絮飘飞的对岸了
那些草木悄悄谈话的表情多饱满。它们倾身
在宁静的时光里,不躲藏,也不告别
只是顺应风的磨蚀。这多好
仿佛人生的缺憾和不幸,都可以在赞美面前移离
仿佛按下梦幻的确认键
悲喜也都可以自由定夺……
整个下午,我的目光落到哪
哪就有了开始

选自《星星》2018年3月上旬刊

萤火虫

叶 辉

在暗中的机舱内
我睁着眼,城市的灯火之间
湖水正一次次试探着堤岸

从居住的小岛上
他们抬起头,看着飞机闪烁的尾灯
没有抱怨,因为

每天、每个世纪
他们经受的离别,会像阵雨一样落下

有人打开顶灯,独自进食
一颗星突然有所觉悟,飞速跑向天际

这些都有喻示。因此
萤火虫在四周飞舞,像它们播撒的
停留在空中的种子

萤火虫,总是忽明忽暗
正像我们活着
却用尽了照亮身后的智慧

选自《诗潮》2018 年第 6 期

持微火者

宁延达

他将暗夜视为洞穴　坚定地点燃微火
腰带上别着一首　也可以是钥匙
向着黑暗　一步步靠近
一阵风吹过　火光
仿佛春天涉世未深的草木

从再远处看去　持火者融于暗处
豆大的光点
微弱　将他隐藏起来
旧路和来路，微火不断闪烁
像沙漠里的仙人掌
像钓者自由舒展后的浮标

也许是一个逃犯　即将把微火隐匿
也许是一个恐怖主义者　即将用微火点燃世界

但他越来越像一个诗人
就那么一小行一小行地
让光　扑面而来

选自《海燕》2018年第1期

雨声淹没了它们的疼痛

玄 武

雨从上面下面围拢,进入
前与后,肮脏的雨水无边际
不知来自哪片云朵
不觉孤独,被大雨挤压自有暖意
被纷乱雨线缠绕
如蛛网上的王裹紧蝇虫
我用尽一生气力去爱
每一块骨头都咔嚓作响
雨声淹没了它们的疼痛
和绝望。在每一滴水中望见你眼睛
下坠的椭圆的雨滴,圆润的尖
我伸出双臂,抱向虚空
我望见多少次伸出双臂抱向虚空
天空深处有人擂鼓
荒野深处,远古的巨人舞动干戚
他和僵硬的兵器被雨水埋葬

选自《作家》2018 年第 9 期

月亮之歌

玉上烟

它高踞在幽暗里,漫溢出
辽阔的光辉
它均匀地亲近世间所有的事物
仿若一座神圣的庙堂

从香樟树的枝叶间
它均匀地将光洒在我的床前
在我和它之间
一切都消失了

生命之河水渐渐趋于平静
除了眼前这一层薄薄的金黄,仍闪烁着
纯粹的光芒——
那是所有人无法抵达的寂静

选自《星星·诗歌原创》2018年第3期

疯 子

玉 珍

对他来说
疯是最终之路
疯比死亡更酣畅淋漓
他想做什么便去做什么

我身边有个疯子
为一场不幸整个地豁出了一生
但他并不后悔
他的错都是真实的
这样纯洁的人已经不多了
这些人搏击着虚伪的生活

他说这都是我的命
是的，真是热腾腾的命
像他曾吃下的一粒羊屎
刚从被吓坏的羊羔子屁眼里滚落出来
简直与药丸无异
在死前的羊蹄边他跪着
发出些仿佛羊才能听懂的怪叫

选自《汉诗》2018年第1卷

画石头

田　禾

风老了,石头更老。大河枯竭
河畔显身的黑石头,侧身、半裸
临风而立。也许过了无数世纪
有一位画家把它搬在一张白纸上
准确地说,是画在一张白纸上
像石头重压着一张白纸,像石头
当初压住水底的天空。画家用神来
之笔,画了一条河流,又画了
一条木板凳,河边坐着一位
不起眼的独钓波涛的闲人
如果画一位背柴的母亲,她累了
她会不会靠在石头上歇口气
画一位父亲,他会一口气把一块
石头扛回家。石头像在春风里奔跑
我试了几次想坐上去,与我相爱的人
一起谈论祖国、人生和爱情
都没有成功。它不像画在纸上的风
能让你看见动,看见它的吹。也不像
在马蹄上画几只蜜蜂,就境界全出

选自《草堂》2018年第4期

度 量

田凌云

你以你的灵魂度量别人的灵魂
你以人类之心度量人类之心
我最不喜欢表演征服或被人信服的词语
两股歧途的力量,不断地用背离靠近
我该怎么说破——

一个被吃掉的蚌壳,一个淹没头颅的海
很多都给你看见了,还有我在夜晚的样子
也给你看见过。可是你还要我解释
黑与白、罪与罚
我始终不是专业的戏剧演员——抱歉

如果一定要度量,我希望你,用大树
度量一棵病危的草。用人间,度量
一片沙化的湖,用我,度量
你看不到的自己——

选自《西部》2018年第4期

山 居

白 玛

居住山里，染上松树或蕨类的体味
不再大声说话，因为鸟鸣比人语动听
不敢有激烈的想法，不再动用锋利的词
密林里的动物们都有迷彩色，太阳晒黑我
让我站在野花椒树下，和斑斓老虎有区别

选自《诗刊》下半月刊 2018 年第 4 期

断　指

龙　郁

水泥地上，一截断指
像一头斑斓的猛虎
让所有围观的工友惊骇不已

一截民工的断指
想挣扎着再扑起来咬住创口
重新回到血液的丛林

但粉碎性骨折的创伤
再也无法断指再植
一根断指，在地下指向明确
但不是那台机器……
默落在地的它好像真的动了一下
想捡起尘埃中的人道主义

十根指头，少了一根
损失，却绝非只有十分之一
现在它只好留在城市了
而剩下的九根指头因失去主心骨
对未来，拿不定主意……

选自《延河·诗歌特刊》2018 年第 4 期

我从哪里来

龙　青

画画的时候
我的视线穿过简陋的窗格子
耳边铅笔与纸接触的声音
是随性的。时而停顿
时而连绵不绝
像极了倒抽了一口凉气的父亲
一点点风吹草动
马上就可以让他忘了
这些无来由的悲喜交加

没有火车经过的铁轨
紧紧地搂着更远的远方
隔着窗格子
父亲的样子更难以辨认：
"如果一直等待无法等待的事物
你知道的，流过去的水不会倒流"

我只是忘不了
窗格子内外
父亲的形象或许只是幻影
记忆中，他从不曾那么顺从
但此刻他浮现在那里

脸色绝望而且苍白
我想起他抱着我的样子
在更小的时候
我们等在母亲返家必经的斜坡上
春天的夹竹桃在我们身旁
开得浓烈似火

      选自《诗歌风赏》2018年第1卷

你所说的辽阔大地

龙　叟

你所说的辽阔大地,建筑在一本书里
在一扇玻璃窗外,在一匹马的背上
鞭子扬起,就野蛮地侵吞蓝天
善后的难题,总是甩给这个沉思者

平面多简单啊,有些小弧线可以忽略
送出去的一页讲稿,马力强劲
一泻千里,多么棒。气吞山河,多么棒
稿子替人慷慨陈词,当它凯旋而归
会不会一直呼着热气?

是胆囊代替肺在劳作。也许是的
胆囊与辛辣对抗,调解人是铺天盖地的糖
从花粉,从叶片,从根茎,从恰到好处
一个舌音,一个唇音,领着浩荡蜂群
要吻遍这西蜀之地每一株草木
一张现实的嘴唇,激动到皲裂

唉,你所说的辽阔大地,正炊烟四起
隔着玻璃,触碰到这人间的烟火
这一天的云朵从上空飘过,又散开
这个人掐灭一根香烟,起身,跨出门去

　　　　　　　　　选自《星星》2018年8月上旬刊

镜　子

亚　楠

从前，我没有看自己
没有在一片叶子飘落之前，思忖
或者什么也不想——
叶子就这么飘落了

其实我想说
一片叶子也没有那么复杂
风来了，就挥一挥手
似乎告别的只是一段过程

我也没有这么想
瞬间的忧伤……在火焰里
忧伤也是美丽的。甚至灰烬
都拥有美感

那就随意地舒展吧
缓缓降落，让风托举他。可镜子
在黑暗尚未来到之前
已经成全了我

选自《中国作家》2018 年第 2 期

林涧夜曲

关晶晶

美是悲哀的,像烛泪溢出生命
精力的边缘口齿不清,索性就闭上嘴,熄灭烛火
把目光投向远山,以及更遥远的星辰
溪水奔腾而下,是谁在奏鸣?
秋虫切切,音符穿林打叶,弹响了时间
早上桂树刚长出新枝,夜晚花便开了
早上的我还年轻,夜晚,我便老了

选自《读诗》2018年第4期

慢歌（外一首）

刘 年

我骑摩托很慢，拖河沙的重车都可以超过我
但我比巴青河快

巴青河快于磕长头的人
磕长头的人，快过青藏高原

青藏高原每年只移动两公分，
向着天空的方向

我喜欢粗陶胜过精致的瓷

做一只陶罐真好，会被那个女人抱走
陶壁，吻合腰线

装一罐清水，在菜地边
白天浇苦瓜，晚上，养一只丰满的月亮

落雨的日子，她会把我抱进屋里，装紫薯酒
酒喝完了，我一直空在那里

邻居　会拿我来装她的骨灰

选自《诗刊》上半月刊 2018 年第 2 期

理想的分行

刘 义

推开窗子,腊梅枝
还插在圆口长颈的容器中

光线透过积水
射出一条斜影

它枯寂、弯曲,如一行偏僻的小诗
在青砖与空气之间,完成分行

选自《诗刊》下半月刊 2018 年第 3 期

中国肖像：传统教育一瞥

刘　川

一头牛
从小
长到大
被皮鞭打

老了
被宰了
剥下
满是鞭痕的皮

又做出
万千条皮鞭
去打
小牛

　　　　　选自《诗选刊》上半月刊 2018 年第 5 期

复制太阳的人

刘文杰

他们靠在墙边,复制着同一个姿势
沾满泥土的双手
缩在油光发亮的衣袖里,晒午后的太阳

他们忠于太阳比年轻时,忠于土地还要过分

晒晒太阳也好,把温暖复制
通过皲裂的皮肤
蓄满,再传递到身体每一个角落,把阳光收集
复制,装满眼眶

他们知道
之后的路,比年轻起早贪黑的黑还要黑

选自《星星》2018年3月上旬刊

侧　面

刘　汀

我看见自己的侧面，像山一样
崎岖，暗夜里有肮脏
龌龊的想法从躯体里溢出
爬行如甲虫，丝毫没有
回头看看空壳的欲望
它们一个挨一个的笑脸，排成了
闪烁着黄褐色牙齿的向阳葵

我担心自己不会醒来，在每一个
侧面的意义上。我担心醒来后灵魂撑不住
轻飘易碎的躯壳，疼痛已不算什么
即使能按原路爬回去，甲虫们也不敢保证
那些痕迹会彻底消失
侧面已经磨平，写满大大小小的字
像散落的葵花籽皮

作为一个侧面或许多侧面，我
只能被描述，用空空的嘴巴
用独处时的喃喃自语，玻璃杯灌满
黄色的液体，像浸泡了
时间和情人的药酒。请一饮
而尽。侧面救

我于危困,于桃杏开花的春日

　　　　　选自《扬子江诗刊》2018 年第 4 期

同床共眠

刘立云

睡觉的时候他从来不脱内衣
从来都是先把灯扑灭
然后趁着黑暗直入,像个贼

他黑?这是当然的。看得见的地方
像夜晚那么黑,像煤炭那么
黑。看不见的地方
她从未看过,虽然她是有资格看的

就是个农民。蛮野粗黑的那种农民
连做那事也像犁地
下死力气
喉咙里传来咕噜咕噜
牛饮的声音。她感到他是在用骨头硌她
用铁硌她
那么冰凉尖锐,那么硬

那天,他躺在那里还是不脱内衣
这次他是不得不脱了
这次她帮他
脱

六十年后,她被天天睡在一起的
这躯体吓坏了
六十年后她被他满胸膛丑陋的歪歪扭扭的伤疤
提起过的那些地名,那些血流
成河的战事,吓坏了

六十年后,她发现在她的床上
睡着一只老虎

选自《人民文学》2018年第8期

工厂片段

刘 建

那些愚钝、木讷的金属,在加工台前
敛起它的锋芒。渐次呈现的不是生硬
而是内心的懦弱和柔软
铣。削。锉。磨。一定有个结局等待在某个地方
胸有成竹的图纸置身事外,不动声色
有着上帝的矜持和冷静
计划单手忙脚乱。检验单一丝不苟。发货单按部就班
我不知道那些打包发出的成品工件的去向
就像我不清楚自己的命运。我看见:
我们和它们都闪耀着汗珠一样的光泽

选自《诗刊》下半月刊2018年第9期

河 边

刘泽球

我曾在傍晚沿着河流向下漫步
城里的嘈杂在背后越来越远
坡地上下起伏着,一条忽而消失
忽而出现,仅容得下一个人的小径
带领我离开公路的视线
低矮散落的构树挂着黄红色的圆果实
一定有人也像我一样喜欢独自经过
而此刻,只有河流在我身边走着
在昏暗中放缓,仿佛跟上我的脚步
对岸的树林发出沙沙的回声
我们一直走着
仿佛两个各自怀着心事的老伙计
仿佛揣着同大地一样朴素的友谊
直到它变得乌黑,如同一艘沉睡的船
秋天从我们的额头掠过

选自《诗刊》上半月刊 2018 年第 2 期

自画像

刘　畅

她笑声里有小城镇的声音
她天生是应和的
附着你甜腻不清的需用刀刃
刮下的麦芽糖粘着你
她天生在床上的
有时起身为你准备食物
熨烫衣衫
她需要抚摸才能驯服于你
她用写诗抵抗疾病、衰老和
心中不息的闪电

选自《扬子江诗刊》2018年第3期

屋漏雨

刘 郎

雨从屋顶漏下来,滴到水盆里
但它依旧还是雨。
外面的雨,已经停了很长时间了,
现在,整个夜晚,
只剩下这一点儿雨,只剩下它
不紧不慢的脚步声

作为一个迟到者,一个不合群者,
它显然,并不认为这有什么不对的
依然不紧不慢,依然保持着,
一小滴一小滴地
从铁皮屋顶锈蚀的小孔中走出来,
走到我已为它准备的水盆里

夜很深了,妻子和孩子都睡了
现在,房间只有我和这点儿雨,
还清醒着
只有我和这点儿雨,在说着一些
彼此并不能真正听懂的话

选自《诗歌月刊》2018年第8期

边 缘

刘清泉

我坐在椅子上，椅子
能否承受肉体和精神双重的重压
（它应该也有痛感）
那么什么是过去呢什么能够成为过去
那么来无踪去无影又作何解释
倾盆大雨在椅子上，我的目力正好可以
翻过对面的窗户看见两棵摇动的树
一棵向左倾斜，一棵竟然朝右
就像对于混凝土路面上长出的小草
有时可以惊呼奇迹
有时又觉得不过如此甚至熟视无睹
也就是说生活中的许多不确定
恰恰被两棵树或一丛草固定下来了
我不相信过去过去也不曾挽留我
但我相信一把椅子、一扇窗、两棵树或
一丛草组成的命运共同体
它是一座悬崖，也是一个
装满空气的空瓶子
是我有生以来一直所处的边缘

选自《草堂》2018 年第 6 期

巧克力

刘 琳

我曾甘愿溺死在巧克力中
那个装着巧克力的盒子,我至今还保存着
像一颗心,还散发着甜蜜的味道
倘若巧克力还在,它一定比甜蜜还要甜
你曾轻轻说:"它们不是分散的颗粒就好了……"

那时,我一天一粒,一天一粒
不间断且尽可能地缓慢品味
含着泪品味
全化掉了,也不舍得张嘴

选自《草原》2018 年第 3 期

练习曲

华 清

它所有的要素都一应俱有
它是美的,美到每寸皮肤的光洁
它以精致的音符搭成这条路
通往风景的目的地。上帝的花园里
风光旖旎,鸟声呢喃,泉水汩汩
霞光在天边招呼,但它却美得空无一物
没有人影,没有一次性的
生,死,悲,欢,喜,怒,忧,惧
这条完美的小路,纵有千般景致
终究只是一支练习曲

选自《作品》2018 年第 1 期

越来越像我的母亲

吉　尔

我越来越像我的母亲
对着阳光打盹,在晾衣绳上抚平绸缎

河流、琼枝玉叶都在我的身体里
我的母亲也回到了我的身体
我们打盹,摊开双手
那是北方的雪花

看不到酒馆紧闭的红漆大门
丰收的乡亲咀嚼着油炸花生米。从这里经过
丢下啤酒瓶。咣当一声
又俯身捡起
我眯着眼睛看他们,就像阳光眯着眼睛看我
这些走进生活深处的人
当我这样想
我就越来越像我的母亲

选自《诗歌风赏》2018 年第 1 卷

在一条船边

向武华

在一条船边钓了一下午的鱼
码头人烟稀少,粗大生锈的铁链
一部分浸在水中,一部分锲入泥土
废船有些倾斜,整个江滩看起来也是倾斜的
一个下午,除了有船路过,江潮涌动
江面上布满时间,多得无用
一只江燕在低处盘旋觅食
小鳠鱼成群结队,在水面形成颤动的涟漪
来到江边的人影,都是孤单的,弯曲向上

选自《诗歌月刊》2018 年第 11 期

天　鹅

吕　达

世界的本质是语言
上帝有完美的启示

用那个词
用鸽子般的圣灵

文字结成经卷
被蛊惑的果树下有一个女人
她乳养的婴孩瞳孔纯洁

也许除了我们,再也没有一种
被称之为语言的交流会带来伤害

跟音乐相比,话语是多余的
就好比你是一支绝妙佳曲
跟你相比,你以外的一切都是多余

有时候我什么也不想说
夕阳沉落,天鹅鸣唱
竖笛与琴音作伴
心有所爱之人一无所求
风刮过山冈,树叶沙沙

树叶沙沙,我感觉我什么也不必说

选自《诗刊》下半月刊 2018 年第 4 期

博尔赫斯的遗产

多　多

现在他不再是他
是他的模仿者肩扛两支大桨
把从白昼盗来的光贩运过去

一块可让理性流动的大理石
仅藏匿深度所需之空间
于是过去成为现在

告诉严肃的尘埃：
大理石内在的神没有迟疑
任黎明持久装饰

任坏死的智力啄食风景
战胜了言辞的石头，开始奔驰
便再次瞥见摇撼时间的高峰

他离去，为保持它。

选自《十月》2018 年第 2 期

江湖宴饮歌

孙文波

待在家是修炼意志,出门是聚众吃喝,
在杯光酒影中,看见一个时代的风景:
美丽的颓废。我不反对颓废。我喜欢酒桌上
让灵魂高高翘起。身体的政治是:一个人
是诗人,一群人是混混。所以,我不说
我是一大群人中的一员,我不说共同的事业
支撑了我们的行为——写作,是孤独的事,
它首先与别人为敌,然后与自己为敌;
我早已知道我是我的敌人;年轻时过去是
敌人,到了年老时敌人是未来——如果
在酒桌上谁向我谈论诗,他就是向我谈论
战争——在酒的烈焰中,我看见血染大地。
或者说我看见朔风猎猎,漫天旌旗嘶鸣。

选自《诗歌点亮生活》(作家出版社 2018 年 7 月版)

如果我，今天死去

宇 向

如果我，今天死去
我的儿子活到六十岁的时候，我会成为他的女儿
他把我揽进怀里，抚摸我油漆斑驳的外壳
想我该是高龄的华发，老泪纵横

如果我，今天死去
我儿子二十岁时，我是他梦想的情人
他用鼻子闻我，捧着我薄薄的诗集
却不翻动它，他早已熟记我所有的诗句

如果我，今天死去
我的儿子三十岁了，而我是他一生的挚爱
这永世的英雄，一只手就能把我托起
坐上他的马，他要带我游走天涯

选自《诗歌风赏》2018 年第 1 卷

回忆某次阅读

宇 轩

至少有三种命运让我感到困乏并失望。
它们以莫须有的力量在书中挖下陷阱,
并向我宣读某种方言和信条。

我听见。且心领神会如饮毒汁。
以至于孤置黑夜里的沙洲。
我饮尽月亮的清辉像生命渴望理解。

以至于我鼓起勇气,运用病人和松枝才有的情绪
使劲按住身下几乎倾斜的床榻。

一切事物都在遵循各自需要遵循的轨迹和密码?
我在其中,建造房屋。
期以盛满大雪和晚归的果实。

我在其中,开渠植柳。
无所谓春风,而春风粼粼。

选自《诗歌月刊》2018年第10期

天上的恋人

安乔子

有人向往她，像向往天上的云朵
有人遇见一次后
一生都无法再见第二次
只在心里为她修建一条铁轨
当你老去，想起一生中的际遇，悔恨，恸哭，泪眼朦胧
当你年轻，留恋，忘记风景，退回原地
一列火车正通往云间

选自《诗刊》下半月刊 2018 年第 6 期

夜色迷蒙

安 然

这寂静来自它们低头吃草的样子
来自河流里的一弯月亮

如果苜蓿草会说话
我宁愿这个夏天更漫长一点

我想放生一群蚂蚁和一条蛇
如果明天就要晴转多云

如果今夜没有争吵和敌意
假设岁月还可以来日方长

我还能在烛火中穿过一缕风
雷阵雨恰好有自己的情调

我想圈养一群羊或一只狼
姓氏随我，血缘随你

选自《草堂》2018年第4期

大 海（外一首）

庄 凌

我的故乡在海上
我就是大海领养的孩子
没有根系，只有漂泊的梦想
即便我热爱我的母亲
我们仍然隔着沉船和岛屿
多年前的一个傍晚
在城市里迷路
我只好坐在路边
等某个人来将我领走
路人投来的眼神让我惊慌
我想起我的父亲
他曾一次次坐在海边
心有汪洋
但肉身破碎

雪悄悄下了一夜

没有人注意到是什么时候
落下第一片雪花
早上起来
院子，屋顶，树木都白了

祖母的头也白了
我突然有一种莫名的感动
谢谢这一场雪
把我们的世界都修正了一遍

     选自《中国作家》2018 年第 3 期

汀江村

年微漾

我们在雨中等,待退潮。那时
会有一条小路,浮出海面
将人群引向水中孤岛。赤屿
就是它的名字。多像一位游子
让潮汐耗尽悲悯,才勉强托举起
漂泊的重量;也像一种虚像
端坐镜中,随时准备将万物认领
我惊讶于此时内心犹有无限宁静
看守村庄和院落,惊讶于屋檐
甩干浑身的雨珠,有如毛笔推开墨汁
是的,潮水会退去,雨后有天晴
岛屿德而不孤。世间万物爱你如父母
世间恩惠,都是早已拟好的福祉

选自《扬子江诗刊》2018年第6期

等待日出的人

朱夏楠

黑夜总是先行于白昼
蜷伏于地平线下的人,守着各自的堡垒
每座黑黢的礁石上有着深深浅浅的伤痕
拍打,重复地拍打;苦涩,固执地拍打
这是海浪的宿命
也是被海浪所裹挟着的人的宿命

晨曦微露,光芒万丈
然后迅速浸入亘古的暗黑
夜行动物正发出潮水般的鼾声
不知道这走过千万亿光年而抵达的星辰
曾在头顶闪耀

等待日出的人
习惯了在暗黑中诉说黑暗
当试图张口转述这瑰丽与奇幻
舌头却突然间长成了礁石

选自《诗刊》下半月刊 2018 年第 5 期

照片墙

朱 零

墙上挂满了我女儿的
照片
从出生到现在
错落有致
我离家时,看一眼
我回家时,看一眼
我不在家时
那堵照片墙
就装在我心里
我身体的重量
因此增加了三公斤

夜深时,客厅里传来
哐当一声响
仿佛女儿进门时
放旅行箱的声音
一个装着女儿照片的相框
掉到了地上
我走向客厅,小心地捡起来
擦掉灰尘
墙上出现了一小块空白
仿佛她嫁人那一天

我心里出现的那一块：
新鲜、持续、源源不断

选自《芳草》2018年第6期

罪　人

朵　渔

我们不会从世上获得什么——除了食物
和爱,当然也不会失去什么——除了时间
和爱。我们都在走向同一个归途,有些人
快些,有些人故意放慢脚步——这都
无关紧要,要紧的是,我们在走
既没有获得,也无从失去——从宇宙
浩瀚的一角,露出一双眼睛
既无诅咒,也无怜悯地
看着,这群罪人
走在流放的途中……

选自《山花》2018年第3期

秋分日过河

汗 漫

河把人间一分为二,像秋分。
鱼知道,河比鱼缸冷了五度左右。

老人们普遍加穿新的衣衫,
为胸口处的往事前情润色、保温。

少年们不知道热恋在维持冬季的信心
不懂得失恋的严重性。
他们用薄弱衣裙挥霍爱意与美感。

在秋分日过河,我没有拆这座桥——
必须假装还能原路返回旧生活。

当一首诗完成,也不宜把笔折断——
假装这些词还能原路返回内心的悲欢。

选自《长江文艺》2018 年第 6 期

恐 惧

江一苇

我亲眼见证了父亲的离世
他不断向上翻的白眼仁
让我知道
死,也不是件容易的事

他生前最放心不下的牛
还在槽枥上,漫不经心地咀嚼着高粱秆
他生前摆弄过的锄头、洋镐、犁
我无法将它们一一拿起

我曾经想和父亲一样
找一个农家女
尽完责任,早早了此一生
而现在,我对死亡除了恐惧还是恐惧

我别无长物,离开了村庄
一身皮囊空空如也
我不如父亲,在他破旧的衣兜里
除了土,还能翻出几粒麦粒

那是他
忠实于脚下的土地的见证

那是我，儿时翻他衣兜找钱买糖时
最刻骨铭心的记忆

选自《草堂》2018 年第 1 期

荒　地

江　非

要去那荒地上种上一畦青菜
去那儿给闲着的种子安个家
不用怕有虫子会在夜间吃掉它们
也不怕后半夜会有更大的动物走过来践踏

给那地上没有生机的荒凉
添上一些新的事物
一些有根和花的事物
一抹新绿，等到春暖花开时

要听听那荒地它说，好，行，可以
要听听铲子培土，而根开始

那荒地，它在你每天都要走过的路边上
已经在那里荒芜了一个漫长的冬季
荒凉得有些让人心疼的一块空地
好像风一吹，就可以把它吹散
如今它需要锚、根、希望、力
和一份干净的勇气

选自《诗刊》上半月刊 2018 年第 3 期

补月亮

江 雪

这时节,天上的月亮
点击率越来越高
儿女们正在祖国各地,望星空

一个家庭,一个月亮
一半在屋檐下,一半在天上

明日中秋,我陪老友去江北农场
他父亲老死中秋
埋在江北
老友准备带上牧羊湖月饼
去江北看望父亲

他父亲生前是个有名的补鞋匠
生前,在江北补鞋
死后,在天上给我们补月亮

选自《诗歌月刊》2018 年第 11 期

长声吟

汤养宗

人世也是太小的世,屋瓦连绵
我又遇到了你
民间有摄魂法,还有赶尸术,变脸咒与隐身符
问我是谁等于在问花在东风哪一枝
人生只有两天,白天与黑天
从树洞进去的蚂蚁,一会儿出来
已变成长有翅膀的昆虫
且看人人所要的相见欢
且认清虚门与实门、活门与死门、左门与右门
开了又要关上

选自《诗刊》上半月刊 2018 年第 5 期

燕山下

灯 灯

野枣在枝头
守住内心的红。杏林用青涩
说出酸楚
是五月的一部分。燕山之下,大花蓟
在黄蜂争夺之中
开得无比娇艳
我想看见的事物,永远和它的
反面一样多——
一只蚂蚁下山,粮食滚落,遇上
车祸的亲戚
有时我真的觉得,我就是其中的任何一个
而道路和我想的不一样
它把自己送出去:一条通向清晨
一条,通向黄昏。

选自《扬子江诗刊》2018 年第 5 期

来不及等待

纪开芹

终于可以掏空耳朵里拥堵的词语
让下午逐渐衰老的阳光
看着我打盹
看着一个人急速地
由饱满多汁到干瘪枯萎

有什么办法？时间大步从身边经过
我说等等
我还不想成为缺席者
它便留下这具无知的肉体

我的童年伙伴，他们从绿叶和清波中起身
进入淤泥的房间——
我还来不及清空积累的爱
暮色已落入眼睛

选自《清明》2018年第4期

真的温暖

衣米一

在冬天喝一碗豆浆
感到特别温暖
我想起来了
是你给过我的那种温暖
你抱着我
温暖就开始了
是那种从消化系统
到循环系统
再到神经系统的温暖
是贴着骨头的温暖
顺着血流
回到了心脏

选自《汉诗》2018 年第 2 卷

女 儿

西 娃

她跟一个男生约会回来
说，妈咪，今天他想拉我的手
我假装擦汗，躲开了
你说我是不是机灵小达人？

她放下电话，抱着我的肩
说，妈咪，我跟两个男生约过会了
为什么这么累？我今生是不是
碰不到爱情？我不想谈恋爱了

她在墨尔本的涂鸦墙下
与我视频，她指着墙上那张
肖像画，说，妈咪，面对他
我心跳动了几次，这一次
我是不是遇到了爱情？

选自《诗刊》上半月刊 2018 年第 2 期

把自己丢掉

严 力

住在对门的小朋友
第十三次弄丢了铅笔
他的父亲呵斥道
"你怎么不把自己丢了！"
人怎样才能把自己丢掉
这个问题像一枚钉子
疼痛我的沉思

目不识丁的老妇人
在楼群里找不到自家的门牌
她把自己丢了吗
以垃圾为食的疯子阿才
一年四季睡在建行门前的台阶上
他把自己丢了吗

蝉把蝉壳丢了
落日把一天丢了
普觉寺的大师慧明
把肉身丢掉
像扔掉一件沾满尘土的旧衣裳
他把自己丢了……

选自《上海诗人》2018 年第 4 期

告解诗

严 彬

小时候,妈妈曾用杉树枝条抽打我们
——我和弟弟中的任何一个
有时她怒斥跪在地上的弟弟
吼着让我去门前树上折回一段杉条
——杉条抽在弟弟和我的身上
这种记忆曾被我遗忘多年
记不清门前的树何时倒掉,指甲花何时成熟
只有妈妈年轻时发怒的样子留在脑中
如今我又见到杉树,看见它对生的叶子
它的刺和童年的向日葵
是太阳的两种颜色,正午和黄昏
我曾向爷爷藏钱的墙、远邻的桃树、一个女孩
伸出过紧张的手——如今人们避谈肮脏
而真正的秘密所剩无几

选自《诗刊》上半月刊 2018 年第 4 期

雨与梯子

余 真

我多想念,那天空像一块小屋檐。淋雨是为了
找到通向它的梯子
现在我来到欲望的盛年,仍在孤月的井底向外
抛着绳索
而无所诉的都已变成月上薄雾,像你在用未来时
缝补的构陷。美丽的东西,披着它的烂衣裳
变得我见犹怜。我有被侵染的坏骨头!正躲在
屋后小树林,修理它新长的骨刺
房顶像鱼背,时间摸着它的外围:我还未品尝它的另一面。
我的母亲手拎食盒下楼,她在高汤的中间
雨水穿过她的身体,去寻找她饥饿的女儿,她不会有所停
　顿。

选自《花城》2018 年第 2 期